Ludwig Gessner

Zur Reform des Kriegs-Seerechts

Antigonos

Ludwig Gessner

Zur Reform des Kriegs-Seerechts

Unveränderter Nachdruck der Originalausgabe von 1875.

1. Auflage 2024 | ISBN: 978-3-38699-370-8

Antigonos Verlag ist ein Imprint der Outlook Verlagsgesellschaft mbH.

Verlag: Outlook Verlag GmbH, Zeilweg 44, 60439 Frankfurt, Deutschland
Vertretungsberechtigt: E. Roepke, Zeilweg 44, 60439 Frankfurt, Deutschland
Druck: Libri Plureos GmbH, Friedensallee 273, 22763 Hamburg, Deutschland

Zur Reform

des

Kriegs-Seerechts

von

Dr. jur. Ludwig Gessner,

Kaiserlichem Legationsrath.

Berlin, 1875.

Carl Heymann's Verlag.

Zur Reform

des

Kriegs-Seerechts

von

Dr. jur. Ludwig Gessner,

Kaiserlichem Legationsrath

Berlin, 1875.

Carl Heymann's Verlag.

Strenger endlich und vernichtender als der Landkrieg ist der Seekrieg; die Maximen desselben haben
sich bei dem Mangel eines gehörigen Gleichgewichtes
der Seemächte noch bei weitem nicht zu einer gleichen
Parallele mit denen des Landkrieges erhoben; zur
Hälfte behielt er selbst noch im gegenwär-
tigen Jahrhundert den Charakter eines Raub-
krieges.

Heffter, das Europ. Völkerrecht d. Gegenwart.

Inhalt.

	Seite.
Vorwort	5
England und das Kriegsseerecht	9
Das englische Schiff „the Springbok" vor den amerikanischeu Prisenhöfen	20
Rechtliche Erörterung	30
Schlussbetrachtung	43

Vorwort.

Diese Schrift soll keine wissenschaftlich erschöpfende Arbeit über die Reform des Seekrieges liefern. Sie beabsichtigt, in dem Augenblicke, wo ein bedeutungsvoller Schritt gethan ist, um dem Landkriege eine dem Rechtsbewusstsein der Culturvölker entsprechende Gestalt zu verleihen, dem Reformbedürfnisse Ausdruck zu geben, welches für den Seekrieg längst in den weitesten Kreisen anerkannt worden ist.

Zu diesem Zwecke waren zunächst die bisherigen Reformbestrebungen und die politischen Factoren in's Auge zu fassen, welche die Entwickelung des Kriegsseerechts gefördert oder gehemmt haben. Den rechtlichen Ausführungen ist die Entscheidung des höchsten amerikanischen Gerichtshofes wider ein englisches Schiff resp. dessen Ladung aus der Zeit des Secessionskrieges zu Grunde gelegt. Es wird durch diesen Fall die unbedingte Willkür ersichtlich werden, welche die durch die traditionelle Politik Englands conservirte heutige Gestalt des internationalen Seerechts den kriegführenden Mächten ermöglicht. Dass dieser Zustand ein unhaltbarer geworden ist, darüber besteht in diesem Augenblicke wohl kaum noch irgendwo ein Zweifel.

Den sichersten Beweis hierfür liefert die Aufregung, welche die zunächst auf den Landkrieg beschränkten russischen Reformvorschläge in England hervorgerufen haben. Die von dem Abgeordneten Cochrane im Unterhause neuerdings eingebrachte Interpellation befürwortet sogar, dass die Regierung die mässigen Zugeständnisse einseitig wieder aufheben soll, zu welchen England in der Declaration des Pariser Congresses von 1856 hinsichtlich des Seerechts sich verpflichtet hat. — Das sind verzweifelte krampfhafte Zuckungen, welche jedem kundigen Blicke verrathen, dass das Ende des alten Seerechts nahe ist. Es ist eine logische und politische Unmöglichkeit, dass die Rechtsentwickelung, welche seit länger als 100 Jahren in dem Bewusstsein aller übrigen Regierungen und Völker zum Ausdrucke gelangte, von einer einzigen Macht wieder rückgängig gemacht, oder auch nur dauernd aufgehalten werden soll.

Die englischen Staatsmänner sind unzweifelhaft viel zu klug, um an eine solche Möglichkeit zu glauben. Vielleicht schwebt ihnen bei ihrer mit so vieler Ostensibilität verfolgten Anti-Reformpolitik der Gedanke vor, dass ein grosser Seekrieg früher oder später unvermeidlich sei, in welchem England die Trumpfe des alten Seerechts zu Gunsten seiner Seeherrschaft zum letzten Male auszuspielen haben werde. — Wir wollen nicht geltend machen, dass es kein grosser und erleuchteter Standpunkt ist, welcher Erwägungen solcher Art grosse reformatorische Massregeln unterordnet. Aber an unvergessliche Lehren der Geschichte dürfen wir erinnern, dass derartige subtile Combinationen in der Regel zu argen politischen Rechenfehlern führen.

Ein alter General hatte vor einer Reihe von Jahren in der Berliner Gesellschaft dadurch Aufmerksamkeit erregt, dass er, wenn feine und scharfsinnige Politiker die bevorstehenden politischen Ereignisse vorherzusagen sich bemühten, zu äussern pflegte: „es kommt doch Alles ganz anders." Man lächelte wohl über den alten Herrn, aber er behielt wunderbarer Weise fast immer Recht. Auch den heutigen englischen Staatsmännern, welche mit Vortheilen rechnen, die ihnen das alte Seerecht noch einmal gewähren soll, möchten wir das Wort des alten Generals zurufen: „es kommt doch Alles ganz anders." — Die Weltgeschichte wird nach höheren Gedanken geleitet, als diese kleine politische Rechenkunst sie zu verstehen und zu verwerthen vermag. Hoffen wir, dass der bewährte Sinn des englischen Volkes für grosse Reformen im Sinne des Christenthums und der Humanität schliesslich der von der heutigen Weltlage geforderten Umgestaltung des Seerechts um so bereitwilliger zustimmen wird, je mehr in den massgebenden Kreisen das richtige Verständniss Eingang gewinnt, dass die politischen und commerciellen Interesen Englands durch das Aufgeben dieser isolirten und zu Repressalien Seitens der übrigen Seemächte herausfordernden Stellung in keiner Weise geschädigt werden können.

England und das Kriegsseerecht.

Die Entwickelung des internationalen Seerechts hatte bereits in der zweiten Hälfte des vorigen Jahrhunderts in dem Rechtsbewusstsein der Völker erhebliche Fortschritte gemacht. Obwohl diese Rechtsentwickelung nicht bloss in den Kreisen der Wissenschaft, sondern auch in einer grossen Anzahl von Handelsverträgen zum Ausdruck gelangt war, so bewahrten die Seekriege damaliger Zeit gleichwohl auch den Neutralen gegenüber in der Regel den räuberischen Charakter des Mittelalters. Der Grund hiervon war, dass England an den alten seerechtlichen Gewohnheiten in seiner Praxis mit unerbittlicher Strenge festhielt. Es macht einen eigenthümlichen Eindruck, in den damaligen Verhandlungen des englischen Parlaments aus dem Munde jener grossen Staatsmänner des 18. Jahrhunderts, die mit Recht als die Vorkämpfer verfassungsmässiger Freiheit im innern Staatsleben noch jetzt betrachtet werden, Aeusserungen hinsichtlich des internationalen Seerechts zu vernehmen, welche, wie Montesquieu in einem ähnlichen Falle sagt, den Anschauungen der Irokesen, welche ihre Gefangenen zu verspeisen pflegen, näher stehen, als dem Rechtsbewusstsein der modernen Culturvölker. Besonders eifrig vertheidigte auch Pitt das strenge Festhalten an dem alten Seerechte. Noch kurz vor seinem im Jahre 1806 erfolgten Tode äusserte er im Parlament: „Wenn es uns auch nicht gelungen ist, an das Ziel unserer Wünsche zu gelangen, so haben wir doch erreicht, dass unser Land sich in einer Lage befindet, welche sich von derjenigen anderer Länder vortheilhaft unterscheidet. Es steht fest, dass von diesem Rechte und seiner fortdauernden Anwendung Eure Grösse, Euer Ruhm und sogar Eure Existenz abhängt.“

Am Schlusse des vorigen Jahrhunderts gewann es endlich den Anschein, als wenn es den vereinigten Anstrengungen sämmtlicher übrigen Mächte Europas und der Amerikanischen Republik gelingen werde, den Widerstand Englands zu brechen. Die durch die Initiative der Kaiserin Katharina von Russland und des Reichskanzlers Panin im Jahre 1780 und 1800 gegründeten Bündnisse der bewaffneten Neutralität waren darauf berechnet, England nöthigenfalls durch Gewalt zu bestimmen, die von den vereinigten Mächten über die Kriegscontrebande, den Frachtverkehr der Neutralen, das Blokade- und Durchsuchungsrecht aufgestellten Grundsätze anzuerkennen. Diese Grundsätze waren geeignet, hinsichtlich der Rechtsverhältnisse der Neutralen zur See die Grundlage eines neuen völkerrechtlichen Codex zu bilden. Die Durchführung des grossen Gedankens, dem diese Vereinigung ihre Entstehung verdankte, scheiterte jedoch an der sehr bald zu Tage tretenden Uneinigkeit der verbündeten Mächte, welche die Auflösung des Bündnisses zur Folge hatte. England herrschte während der Seekriege, welche im Anfange dieses Jahrhunderts geführt wurden, wieder unumschränkt auf dem Meere, und seine Prisenrichter „schlachteten,“ wie Heffter sehr bezeichnend sich ausdrückt, den neutralen Seehandel rückhaltsloser ab, als dies jemals vorher geschehen war.

Zum ersten Male verstand sich England während des Krimkrieges auf Andringen des damaligen französischen Ministers der auswärtigen Angelegenheiten Drouin de l'Huys zu einer etwas milderen Praxis. Es „verzichtete" sogar auf „die Ausübung seines Rechtes", feindliches Eigenthum unter neutraler Flagge fortzunehmen. Demnächst auf dem Pariser Congresse bequemte sich diese Macht in gewissem Maasse sogar zu einer grundsätzlichen Modification des bisherigen Systems. Die Declaration des Pariser Congresses vom 16. April 1856 ist in ihrer Tragweite für die Reform des internationalen Seerechts bisweilen überschätzt worden; es ist indess wiederum die Schuld Englands, dass damals nicht weitergehende Resultate gesichert wurden.

Der englische Bevollmächtigte, Lord Clarendon, verstand sich zwar zur definitiven Anerkennung des so eben erwähnten Grundsatzes über den Frachtverkehr der Neutralen, welcher im Krimkriege von England bereits vorübergehend befolgt worden war, er widersetzte sich jedoch, abgesehen von dem Zugeständnisse, dass Blokaden, um verbindlich zu sein, effectiv sein sollen, jeder weiteren Reform.*) Die in den Bündnissen der bewaffneten Neutralität über die Kriegscontrebande, sowie über das Blokade- und Untersuchungsrecht im Interesse der neutralen Schifffahrt aufgestellten Principien fanden daher in der Declaration des Pariser Congresses keinen Eingang. Dagegen wurde die Abschaffung der Kaperei ausgesprochen. — Diese Massregel fand auch in England lebhaften Beifall. Es konnte dort nicht zweifelhaft sein, dass dadurch in erster

---

*) Der Grundsatz, dass neutrales Gut unter feindlicher Flagge der Wegnahme nicht unterliegt, war auf die Autorität des mittelalterlichen See-Codex, des *Consulato del mare*, auch von England früher bereits anerkannt worden.

Linie die vereinigten Staaten betroffen wurden, weil diese bisher auf die Verwendung ihrer Handelsflotte für Kriegszwecke vorzugsweise angewiesen gewesen waren. Der amerikanische Staatssecretair M. Marcy erklärte daher in einer an den damaligen französischen Gesandten zu Washington, Sartiges, unter dem 28. Juli 1856 gerichteten Note, welche den übrigen Mächten abschriftlich mitgetheilt wurde, dass der Zustand der Kriegsflotte seiner Regierung nur dann gestatte, auf die Ausrüstung von Kaperschiffen zu verzichten, wenn gleichzeitig eine Einigung darüber erfolge, dass feindliches Eigenthum zur See fernerhin nicht Gegenstand der Kriegsbeute sei.

Die vereinigten Staaten hatten hier offenbar die wundeste Stelle des Seerechts getroffen. Nach den bisherigen Erfahrungen liess sich indess nicht erwarten, dass die Erreichung dieses Zieles Aussicht auf baldigen Erfolg habe, obwohl selbst in England sich gewichtige Stimmen für das in Rede stehende Princip erhoben. Preussen und Russland beantworteten die Marcy'sche Note in zustimmender Weise, und aus den Mittheilungen, welche über die damaligen Verhandlungen in die Oeffentlichkeit gelangten, geht hervor, dass auch der französische Minister des Auswärtigen, Drouin de l'Huys, dem amerikanischen Vorschlage geneigt war. England lehnte diesen Vorschlag jedoch entschieden ab, und die damaligen politischen Beziehungen Frankreichs zu dieser Macht waren wohl die Veranlassung, dass auch die französische Regierung mit ihrer Zustimmung schliesslich zurückhielt.

Es ist gewiss eine überraschende Thatsache, dass die Reform des internationalen Seerechts, soweit es sich dabei um Vereinbarungen der massgebenden Mächte handelt, seit dem Pariser Congresse vollsändig geruht hat. Die öffentliche Meinung hat sich indess nicht bloss in den Kreisen der Wissenschaft, sondern namentlich auch in den Kreisen des hierbei zunächst interessirten Handelsstandes mit diesem Gegenstande seitdem auf das Lebhafteste beschäftigt. Die auf dem Handelstage zu Bremen am 2. December 1859 über die Unverletzlichkeit des feindlichen Privateigenthums zur See gefasste Resolution fand in der ganzen gebildeten Welt den lautesten Beifall. Selbst der englische Handelsstand blieb von dieser Bewegung nicht unberührt. Deputationen und Petitionen aus Liverpool, Manchester, Bristol und anderen bedeutenden Handelsplätzen befürworteten bei der Regierung lebhaft die in Vorschlag gebrachte Reformmassregel. Palmerston fertigte jedoch die Antragsteller mit der Bemerkung ab, dass die Beseitigung der auf das Privateigenthum sich erstreckenden Härten lediglich zur Vermehrung der Kriege beitragen werde. Swift sagt von Jemandem, der sich durch ein Argument ähnlicher Art aus der Verlegenheit ziehen wollte: Er hat eine Nuss aufgeknackt, die ihn mit einer Made belohnte.

Die Unverletzlichkeit des Privateigenthums zur See hat 1866 in dem preussisch-österreichischen Kriege praktische Geltung erlangt und in dem deutsch-französischen Kriege von 1870 ist dieser Grundsatz von Deutschland längere Zeit hindurch befolgt worden, obwohl Frankreich nicht das Zugeständniss der Reciprocität machte. Bekanntlich ist in diesem letzteren Kriege das Bedürfniss einer Fixirung des Begriffes der Kriegscontrebande mit besonderer Lebhaftigkeit hervorgetreten.

Es wurde daher in den weitesten Kreisen auf das Freudigste begrüsst, als es im vorigen Jahre hiess, der auf den Vorschlag Russlands in Brüssel zusammentretende Congress werde seine Berathungen auch auf die Reform des Seekrieges ausdehnen. Bald erfuhr man jedoch, England habe seine Theilnahme an dem Congresse davon abhängig gemacht, dass derselbe seine Thätigkeit auf die Berathung von Reformmassregeln hinsichtlich des Landkrieges beschränke. Dem internationalen Congress in Brüssel ist demgemäss auch eine die Reform des Seekrieges betreffende Vorlage nicht gemacht worden. Die englische Regierung hat sich gleichwohl geweigert, an der Fortsetzung der Verhandlungen Theil zu nehmen, welche jetzt in St. Petersburg stattfinden sollen.*) Zur Begründung dieser Weigerung ist englischerseits wieder das alte Argument Lord Palmerston's gegen die Unverletzlichkeit des Privateigenthums zur See hervorgeholt worden, dass die humanere Kriegführung lediglich den Krieg zum Nachtheile der kleineren Mächte begünstigen und die Zahl der Kriege vermehren werde. Die englische Presse verräth indess, dass dieses Argument auch dieses Mal lediglich ein Vorwand ist. In zahlreichen Leitartikeln der grossen Londoner Journale ist der Befürchtung Ausdruck gegeben, dass die mächtige Strömung der öffentlichen Meinung für die Reform des Seekrieges auf der Conferenz in St. Petersburg schliesslich zum Ausdruck gelangen werde, und dass es daher im Intsresse des Landes geboten sei, dieser fatalen Eventualität im Voraus aus dem Wege zu

------

*) Der officielle russische Reichsanzeiger spricht sich in seiner Nummer vom 27. Februar d. J. über diese Weigerung Englands in sehr versöhnlicher Weise aus. Es heisst darin: Der Wunsch, die Leiden des Krieges zu lindern, werde nicht ausschliesslich von Russland gehegt, und durch die Verwirklichung desselben würden nicht eigentlich russische Zwecke gefördert. Die Friedfertigkeit und Menschenliebe, welche die zwanzigjährige Regierung des Kaisers Alexander gekennzeichnet und ihm die Achtung Europas erworben habe, berechtige ihn, die Initiative zu ergreifen, um die heutige Unbestimmtheit des Kriegsvölkerrechts zu beseitigen und dasselbe auf festen und gesunden Grundsätzen zu basiren. Jede gewissenhafte Meinung und jeder Einwand werde Beachtung finden. Bedauernswerth sei nur die Nichttheilnahme einer grossen Nation (Englands), welche diese der Möglichkeit beraube, ihre Stimme bei den Berathungen zur Geltung zu bringen.

gehen. Der französische Publicist Hautefeuille bemerkt in der 1868 erschienenen 3. Auflage seines Werkes: *Des droits et des devoirs des nations neutres en temps de guerre maritime,* dass in England die Absicht bestehe, nicht blos hinsichtlich des Seerechts keine weiteren Concessionen zu machen, sondern auch im Falle eines Krieges sich von der Declaration von 1856 loszusagen. — Die letzten Zweifel über diese in England geltenden Anschauungen hat die von dem Deputirten Cochrane in der Parlamentssitzung vom 16. März d. J. angekündigte Resolution gehoben, welche aussprechen soll, dass in Folge der Brüsseler völkerrechtlichen Conferenz und ihrer beabsichtigten Fortsetzung in St. Petersburg für England eine Veranlassung gegeben sei, sich von der Pariser Declaration loszusagen und dadurch diejenigen seerechtlichen Grundsätze wieder zur Geltung zu bringen, welche für die Macht, die Integrität und die Unabhängigkeit Englands von so wesentlicher Bedeutung seien.

Russland hat in allen seinen internationalen Beziehungen einer Reform des Seerechts sich seit langer Zeit stets sehr geneigt gezeigt. Es kann daher kaum einem Zweifel unterliegen, dass der Kaiser Alexander, als er neuerdings den hochherzigen Gedanken fasste, über eine Reform des Kriegsrechts ein Einverständniss der Mächte herbeizuführen, dabei auch den Seekrieg im Auge gehabt hat, welcher in seiner heutigen Gestalt weit mehr noch als der Landkrieg an die Form des *bellum omnium contra omnes* erinnert. Von den jetzt zum Reiche vereinigten deutschen Mächten und früher bereits von Preussen, sowie von den vereinigten Staaten Amerika's ist das lebhafteste Interesse für die Reform des Seerechts durch officielle Erklärungen bekundet worden. Dasselbe gilt von Mächten zweiten Ranges, wie Schweden und Dänemark. Frankreich, namentlich während des Krimkrieges, und ebenso Italien haben wenigstens einer günstigeren Gestaltung der Rechte der Neutralen zur See sich günstig erwiesen, es muss daher vorzugsweise England dafür verantwortlich gemacht werden, dass diese grosse civilisatorische Massregel seit dem Pariser Congresse von 1856 völlig in's Stocken gerathen ist.

Zu einer Zeit, wo England die Alleinherrschaft zur See führte, durfte das Verhalten dieser Macht nicht eben verwundern. Die Gewohnheit unumschränkter Machtübung pflegt bei den Nationen so wenig wie bei den einzelnen Personen die Achtung vor den Rechten und Interessen Anderer zu fördern. England beherrschte durch das starre Festhalten an den Grundsätzen des alten barbarischen Seerechts den Welthandel. Dieses privilegirte Raubsystem war eins der wichtigsten Mittel zur Begründung seiner Macht und seines Reichthums.

Wenn wir aber auch England den mit eiserner Consequenz verfolgten nationalen Egoismus, welchem es noch im 18. Jahrhundert unzweifelhaft einen erheblichen Theil seiner Grösse verdankte, zu Gute halten wollen, so fragt sich doch, ob bei der heute völlig veränderten Weltlage nicht für die Politik dieses Landes auch in dieser Beziehung andere Bahnen vorgezeichnet sind.

Vor hundert und selbst noch vor fünfzig Jahren hatte England kaum zu fürchten, dass die Waffen, welche es aus dem alten Seerechte wider die übrigen Völker schmiedete, ihm selbst gefahrbringend werden könnten. Es war zur See zu mächtig, als dass es Repressalien von irgend einer Seite zu erwarten hatte. Seitdem sind eine Reihe von Marinen neben der englischen erwachsen, von denen die eine oder die andere vielleicht für sich allein eine sehr bedenkliche Gegnerschaft üben könnte, von denen mehrere vereint aber unzweifelhaft England in empfindlicher Weise daran erinnern könnten. dass die Tage seiner Alleinherrschaft zur See zu Ende sind. Ein sehr bedeutender und geistreicher neuerer englischer Schriftsteller, Walter Bagehot, sagt in seinem Werke über die Verfassungszustände Englands: „Das moderne Leben bietet der Aufregungen wenige, aber desto mehr fortdauernde ruhige Thätigkeit. Der tägliche Verkehr schafft eine Gewohnheit, aus Allem Kapital zu machen, die Gewohnheit, jeden Menschen, jedes Ding und jede Institution zu fragen: nun, was hast Du gemacht, seitdem ich Dich zuletzt gesehen habe?"

Wohlan, auch das von England bis heute so sorgfältig gepflegte mittelalterliche Seerecht wird eines Tages auf diese Frage eine Antwort zu ertheilen haben. Dieselbe dürfte aber schwerlich auch vom Standpunkte des einseitigsten englischen National-Interesses aus betrachtet, noch besonders günstig lauten.

Eine Ahnung dieser Sachlage ist auch durch die englische Presse schon vielfach hindurchgedrungen, wennschon, wie andere Kundgebungen erkennen lassen, das Nationalbewusstsein sich gegen die Anerkennung dieser allerdings wenig erfreulichen Wendung der Verhältnisse noch möglichst sträubt. Auch die erwähnten Petitionen und Deputationen, welche für eine Reform des Kriegsseerechts bereits im Jahre 1860 aus den Kreisen des englischen Handelsstandes hervorgegangen sind, deuten darauf hin, dass diese Erkenntniss in England zu tagen beginnt.

Und in der That hat es nach dieser Richtung hin den Engländern auch in neuerer Zeit nicht an praktischen Lehren gefehlt. Die unvergesslichsten haben ihnen die Amerikaner während des Secessionskrieges ertheilt. Eine grosse Anzahl englischer Schiffe und Ladungen sind damals nach den Grundsätzen des alten Seerechts von den amerikanischen Prisenhöfen condemnirt worden. Die auf Grund des Vertrages zu Washington vom 8. Mai 1871 in dieser Stadt eingesetzte Commission hat über mehrere hundert Reclamationen englischer Unterthanen gegen derartige Entscheidungen zu befinden gehabt. Bemerkenswerth ist es, dass die amerikanischen Prisenrichter bei dieser Gelegenheit den einst so gefürchteten englischen in der Geschicklichkeit nicht nachgestanden haben, je nach Bedarf ganz neue völkerrechtliche Theorien zu erfinden. Namentlich ist dies in Bezug auf das Blokaderecht der Fall gewesen. Die berüchtigte Theorie des *blocus sur papier,* welche von den Engländern am Schlusse des vorigen und im Anfange dieses Jahrhunderts aufgestellt wurde, ist von den Amerikanern überboten worden durch den Grundsatz, dass ein strafbarer Blokadebruch auch in dem Falle vorliegen soll, wenn die nächste Bestimmung des neutralen Schiffes und seiner Ladung zwar ein neutraler Hafen ist, jedoch die Absicht besteht, die Ladung demnächst nach einem blokirten Hafen zu befördern. Dieser Grundsatz ist namentlich gegen das englische Schiff „Springbok" von den amerikanischen Richtern zur Anwendung gebracht und von der gemischten Commission, welche zu Washington getagt hat, approbirt worden.*)

Mit einer solchen Theorie, verbunden mit einem etwas laxen Beweisverfahren, kann der gesammte Handel der Neutralen zur See vernichtet werden. Die nähere Erörterung des gedachten Falles dürfte daher von weiter reichen-

---

*) Bluntschli sagt über diese Entscheidung in seinem modernen Völkerrecht §. 835, Anm. 5: „Würde diese Entscheidung praktisch gemacht, so würde der neutrale Handel, zumal in Verbindung mit einem Beweisverfahren vor einem fremden Prisengericht, das den neutralen Eigenthümern wenig Garantie für ihr Recht bietet, viel mehr bedroht, als durch die sogenannte papierne Blokade, die nun glücklich durch die Reform des Völkerrechts beseitigt worden ist."

Sehr eingehend ist der Springbok-Fall von Calvo in seinem *Droit International, 2. édition Paris, 1872, Th. II., S. 470 et seq.,* behandelt worden. Die Entscheidung der amerikanischen Prisenhöfe wird scharf verurtheilt.

dem Interesse sein. Es wird sich kaum an einem anderen neueren Beispiele greifbarer nachweisen lassen, wie dringend geboten eine durchgreifende Reform des internationaleu Seerechts ist. Der Fall des „Springbok" beweist zur Evidenz, dass im Seekriege selbst den Neutralen gegenüber in diesem Augenblicke noch nicht das Recht, sondern die unbedingte Willkür Geltung hat.

Das englische Schiff „the Springbok" vor den amerikanischen Prisenhöfen.

Das englische Schiff „Springbok", welches am 9. December 1862 den Hafen von London verlassen hatte, um sich nach dem in der englischen Colonie New-Providence belegenen Hafen von Nassau zu begeben, wurde am 3. Februar 1863 von dem amerikanischen Kreuzer-Schiffe „Sonoma" aufgebracht und am 1. August 1863 von dem Richter Betts am Districts-Gerichte zu New-York nebst der Ladung condemnirt. Der Verkauf in öffentlicher Auction wurde bald darauf angeordnet. Das Schiff befand sich zur Zeit der Aufbringung auf directem Wege nach dem Hafen von Nassau und war von diesem noch 150 Seemeilen entfernt. Das sehr lakonische Urtel lautet: „Das Schiff war zur Zeit der Aufbringung wissentlich ganz oder zum Theil mit Kriegscontrebande beladen, welche für den Gebrauch des Feindes Verwendung finden sollte. Der wirkliche Bestimmungsort des Schiffes und der Ladung war nicht der neutrale Hafen von Nassau, sondern irgend ein von den Streitkräften der vereinigten Staaten ordnungsmässig blokirter Hafen. Es lag die Absicht eines Blokadebruchs vor, und überdies waren die Schiffspapiere gefälscht."

Gründe waren dieser Entscheidung nicht beigefügt. Acht Monate später veröffentlichte Richter Betts eine 40 Seiten starke Schrift unter dem Titel: *„The opinion of the Court"*, welche eine nähere Begründung des Erkenntnisses enthalten sollte. Der genannte Richter hat diese Schrift demnächst als das wirkliche Erkenntniss betrachten wollen und hat dieselbe auch in der Appellations-Instanz dem höchsten Gerichtshofe vorgelegt.

Der Advokat der Appellanten bestritt diese Eigenschaft und machte, wie es scheint mit Recht geltend, dass das Elaborat lediglich eine Vertheidigungsschrift sei, zu der Richter Betts durch die heftigen Angriffe, welcher seine Entscheidung in der englischen und französischen Presse gefunden habe, veranlasst worden sei.

Die Ladung des Springbok bestand aus verschiedenen Handelsartikeln im Gesammtwerthe von mehr als 66,000 £, unter welchen sich namentlich Tuche und andere Gegenstände zur Bekleidung von Männern und Frauen, sowie Thee, Kaffee und Gewürze befanden. Ausserdem gehörten dazu die folgenden Gegenstände, welche von dem Richter Betts als Kriegscontrebande betrachtet wurden: zwei Büchsen mit kupfernen Uniformsknöpfen, einige Dutzend Säbel, Degenscheiden und Bajonete, sowie 10 Fässchen mit salpetersaurem Kali. Der Werth dieser sämmtlichen Gegenstände ist auf 700 £, der Werth der Knöpfe allein auf 576 £ geschätzt worden.

Auf den Knöpfen befanden sich die Buchstaben C. S. N. Richter Betts, welcher hieraus die Worte „Confederate States Navy" las, leitet in seiner erwähnten Schrift aus diesen Initialen ein wesentliches Argument für die Annahme her, dass die Bestimmung der Ladung eine feindliche gewesen sei. Dieses Argument ist dem genannten Richter eigenthümlich, die übrigen von ihm für die feindliche Bestimmung der Ladung geltend gemachten Ausführungen sind auch der Entscheidung des höchsten amerikanischen Gerichtshofes zu Grunde gelegt. Wir kommen darauf weiter unten zu sprechen.

Auf die am 10. August 1863 Seitens der Reclamanten eingelegte Appellation sprach der höchste Gerichtshof demnächst im December 1866 das Schiff unter Verurtheilung des Eigenthümers in die Kosten frei, hielt jedoch die Verurtheilung der Ladung aufrecht.

In Betreff des Schiffes heisst es: „Die Papiere sind in Ordnung und bestätigen, dass das Schiff, als es aufgebracht wurde, sich auf der Reise von London nach Nassau befand, beides neutrale Häfen im Sinne des Völkerrechts. Die Schiffspapiere sind sämmtlich ächt, keins trägt die Spuren von Verheimlichungen oder Fälschungen. Die Schiffseigenthümer sind Neutrale und allem Anschein nach bei der Ladung nicht interessirt; auch liegt kein genügender Beweis vor, dass sie irgend welche Kenntniss von deren unrechtmässiger Bestimmung hatten. Das Ergebniss der Untersuchung widerspricht nicht, sondern bestätigt den Inhalt der Papiere.“

Richter Betts hatte die Verurtheilung des Schiffes namentlich auf den Umstand gegründet, dass der Capitain bei seiner Vernehmung erklärte, er wisse nicht, aus welchem Grunde die Aufbringung erfolgt sei, während der Steuermann und die Matrosen angaben, die Aufbringung habe ihres Wissens stattgefunden, weil die Ladung als Contrebande betrachtet und dem Frachtbriefe der Vorwurf gemacht worden sei, dass derselbe kein vollständiges Verzeichniss der Ladung enthalte.

In dieser Aussage des Capitains, welche sich als absichtliche Unwahrheit darstellen soll, sowie in der Unvollständigkeit des Frachtbriefes erblickt der Richter Betts den Beweis, dass die Eigenthümer des Schiffes von der feindlichen Bestimmung der Ladung unterrichtet gewesen seien. Der höchste Gerichtshof folgt diesem kühnen Gedankenschwunge zwar nicht vollständig, hält jedoch diese „Unregelmässigkeiten" für genügend, um den Schiffseigenthümern das Recht auf Schadensersatz abzusprechen und dieselben ausserdem in die Gerichtskosten zu verurtheilen.

In Bezug auf die Condemnirung der Ladung äussert der Gerichtshof; „Wir können hiernach nicht darüber im Zweifel sein, dass die Ladung von Hause aus in der Absicht verschifft worden ist, die Blokade zu brechen. Die Eigenthümer der Ladung beabsichtigten, dieselbe in Nassau um ihr Ziel sicherer zu erreichen in einem Schiffe weiter zu befördern, welches für den Blokadebruch geeigneter war, als der Springbok. Die Reise von London zu dem blokirten Hafen muss daher hinsichtlich der Ladung, sowohl dem Gesetze, als der Absicht der Eigenthümer nach, als eine einzige und ungetheilte angesehen werden. Die Ladung war daher in dem Augenblicke der Abfahrt von London, sobald sie irgendwo auf der Fahrt aufgebracht wurde, der Verurtheilung verfallen."

Durch diese Entscheidung hatte die Sache gerichtlich ihre definitive Erledigung gefunden. Bereits Vattel bemerkt jedoch, dass ein prisengerichtliches Erkenntniss letzter Instanz, welches eine *„injustice palpable et évidente"* enthalte, niemals rechtskräftig werden könne und dass die Wiederherstellung des verletzten Rechtes in solchem Falle diplomatischen Verhandlungen der betheiligten Mächte und nöthigenfalls politischen Massregeln vorbehalten bleiben müsse.

Auch in der Springbok-Angelegenheit glaubten die Reclamanten sich bei der Entscheidung des höchsten amerikanischen Gerichtshofes nicht beruhigen zu sollen und wandten sich deshalb an die englische Regierung, um die Freigebung der condemnirten Ladung oder eine Entschädigung für den widerrechtlich verursachten Verlust zu erwirken. Das auswärtige Ministerium hatte, kurz nachdem die Entscheidung in erster Instanz erfo!gt war. über den Springbok - Fall das Gutachten der Kronjuristen eingeholt. Diese erklärten die gedachte Entscheidung für null und nichtig. Sie äusserten wörtlich (das Gutachten, welches vom 13. März 1868 datirt, ist auch von Phillimore, der ersten völkerrechtlichen Autorität in England, unterschrieben): *„that there was nothing to justify the seizure of the barque Springbok and her cargo, and that, Her Majesty's Government would be justified in demanding the immediate restitution of the ship and cargo, without submitting to any adjudication by an American Prize Court."*

Zu demselben Ergebniss gelangt ein Gutachten, welches auf Veranlassung der Reclamanten von zwei sehr namhaften englischen Juristen, George Mellish, seit 1870 *Lord Justice of the Court of Chancery*, und W. Vernon Harcourt, dem bekannten Historicus der „Times" und *Solicitor General* unter Gladstone, unter dem 14. Januar 1868 ausgestellt und der englischen Regierung vorgelegt wurde. Die Argumentation dieses Gutachtens ist in hohem Grade bemerkenswerth.

Die von dem amerikanischen Gerichtshofe aufgestellte Rechtsdeduction wird als begründet angenommen. Wenn es feststehe, sagen die beiden englischen Juristen, dass der definitive Bestimmungsort der Ladung nicht der neutrale Hafen von Nassau war, sondern bei der Einschiffung in England bereits die Absicht eines demnächstigen Blokadebruches bestand, so solle auch die Condemnirung für gerechtfertigt angesehen werden.*) Dieser Umstand sei jedoch nicht

---

*) Die betreffende Stelle des Gutachtens lautet: *We assume for the purpose of this opinion, that the law is correctly laid down in the Judgement of the supreme Court, and that if the cargo was shipped in England, with the original intention of being transhipped at Nassau for he purpose of being run through the blockade, the sentence of condemnation*

festgestellt worden. Da das Schiff während seiner Fahrt nach Nassau aufgebracht wurde, so werde ein ganz stricter Beweis dafür erfordert, dass die Ladung für einen blokirten Hafen bestimmt gewesen sei. Ein solcher Beweis sei jedoch im vorliegenden Falle nicht erbracht worden, die von dem Gerichtshofe angeführten Beweisgründe seien vielmehr völlig hinfällig.

Der Gerichtshof hatte nämlich die feindliche Bestimmung der Ladung und die Intention des Blokadebruchs aus folgenden Umständen gefolgert:

1. Aus der angeblichen Unvollständigkeit der Connossamente, aus denen wegen ungenügender Specification die verschiedenen Gegenstände der Ladung nicht genügend ersichtlich gewesen sein sollen. Die gedachten Juristen führen aus, dass die Connossamente, wie ein von ihnen erfordertes sachverständiges Gutachten ergebe, durchaus in der üblichen Form abgefasst seien. Eine grössere Vollständigkeit derselben sei überhaupt nicht üblich. Die Connossamente hinsichtlich der für die amerikanischen Häfen bestimmten Ladungen pflegten allerdings detaillirter zu sein, weil dies von den dortigen Zollbehörden verlangt werde.

---

is right. If, on the other hand, the cargo was shipped, as the claimants contend, deliverable to the order of an agent in Nassau, to be there sold in the open market to bonâ fide purchasers, the cargo could not be condemned, even though it was of a contreband character, and though the purchasers in Nassau might have bought with the distinct intention of running the goods through the blockade.

Nach dieser Theorie würde die blosse Absicht eines Blokadebruchs strafbar sein, während auch nach allgemeinen strafrechtlichen Grundsätzen nicht die Absicht eines Vergehens, sondern erst der Versuch, in sofern dieser bereits den Anfang der Ausführung des Vergehens enthält, gestraft wird. Von einem Versuche des Blokadebruches kann aber erst die Rede sein, sobald es sich unmittelbar um das Eindringen des neutralen Schiffes in den blokirten Hafen handelt. Dem entsprechend hat sich auch die völkerrechtliche Theorie des Blokadebruchs entwickelt.

2. Aus dem Umstande. dass in den Schiffspapieren nicht ein bestimmter Käufer in Nassau. vielmehr lediglich ein dortiges Handlungshaus bezeichnet worden sei, an dessen Ordre die Ladung abgeliefert werden sollte. wird von dem Gerichtshofe gefolgert. dass Nassau nicht der definitive Bestimmungsort gewesen sei. In dem Gutachten wird bemerkt, dass dieser Umstand vielmehr darauf hinweise. dass das genannte Handlungshaus in Nassau von den Eigenthümern, wie von diesen auch behauptet werde. beauftragt worden sei, dort den Verkauf zu bewirken.

3. Die übrigen Argumente des Gerichtshofes bestehen darin, dass der Charakter der Ladung, namentlich der Umstand, dass darunter Kriegscontrebande befindlich war. die Bestimmung derselben für den Hafen von Nassau unwahrscheinlich erscheinen lasse. Auch sei es ein gravirendes Moment, dass von den Eigenthümern der Ladung anderweit bereits Kriegscontrebande den Südstaaten zugeführt worden sei. Ueberdies soll das englische Schiff „Gertrude" damals sich in dem Hafen von Nassau befunden haben. anscheinend in Erwartung des „Springbok", um die Ladung desselben weiter zu befördern. — Es ist indess von den Reclamanten nachgewiesen worden. dass die „Gertrude" sich zu jener Zeit gar nicht in Nassau aufhielt. sondern in dem Irländischen Hafen Queenstown vor Anker lag. George Mellish und W. Vernon Harcourt heben mit Recht hervor, dass diese Argumente sämmtlich für den im vorliegenden Falle zu führenden Beweis ganz unerheblich sind.

Das weiter oben erwähnte Gutachten der Kronjuristen würde unter anderen Umständen die englische Regierung voraussichtlich veranlasst haben, in der Springbok-Angelegenheit eine diplomatische Intervention eintreten zu lassen. Die damaligen Verhältnisse zwischen England und den vereinigten Staaten verboten jedoch ein einseitiges

Vorgehen in dieser Angelegenheit. Es war die Zeit jenes bekannten Conflictes zwischen der amerikanischen Republik und England, in welchem der letzteren Macht der Vorwurf gemacht wurde, dass sie während des Secessionskrieges durch völkerrechtswidrige Begünstigung der Südstaaten ihre Neutralitäts-Pflichten verletzt habe. Diesen Beschwerden der amerikanischen Regierung, welche unter dem Namen der Alabama-Frage zusammengefasst wurden, standen ausser der Reclamation in der Springbok-Angelegenheit noch eine Reihe ähnlicher Beschwerden englischer Unterthanen wegen ungerechter Entscheidungen amerikanischer Prisenhöfe gegenüber. Zur Ausgleichung dieser beiderseitigen Streitigkeiten wurde bekanntlich am 8. Mai 1871 ein Vertrag zu Washington geschlossen, auf Grund dessen ein in Genf einzusetzendes Schiedsgericht über die Ansprüche der vereinigten Staaten befinden sollte. Gleichzeitig bestimmt Art. 12 des Vertrages, dass alle Beschwerden wider die vereinigten Staaten „aus Handlungen während der Periode vom 13. April 1861 bis zum 9. April 1865 wider die Person oder das Eigenthum von Unterthanen Ihrer Britannischen Majestät" der Entscheidung einer aus drei Schiedsrichtern bestehenden Commission unterbreitet werden sollten.[*]) Diese Commission trat, nachdem das Genfer Schiedsgericht seine Aufgabe beendigt hatte, in Washington zusammen. Sie bestand aus je einem von der englischen und der amerikanischen Regierung ernannten Schiedsrichter und dem italienischen Gesandten zu Washington, Grafen Conti, als Präsidenten und Obmann.

Die Commission hat, wie bereits erwähnt wurde, eine erhebliche Anzahl derartiger Fälle, und zwar meistentheils

---

[*]) Dieselbe Bestimmung wurde hinsichtlich der Beschwerden englischer Unterthanen wider die vereinigten Staaten getroffen. Auch hierüber sollte die gemischte Commission entscheiden.

in einem für die Reclamanten ungünstigen Sinne erledigt.
Die Springbok - Angelegenheit gelangte erst gegen den
Schluss der Sitzungen, welcher in den letzten Monaten des
Jahres 1873 erfolgte, zur Entscheidung. Der Anwalt der
Reclamanten, Mr. Ewarts, setzte in seiner Vertheidigungsschrift, welche uns vorliegt, die Unrechtmässigkeit der Entscheidung des höchsten amerikanischen Gerichtshofes in
sehr eingehender und sachkundiger Weise auseinander. Seitens der vereinigten Staaten wurde diese Entscheidung in
allen Punkten aufrecht erhalten. In dem Berichte, welcher
von dem Agenten der vereinigten Staaten, Mr. Robert
S. 15. Hall, über die Verhandlungen in der Springbok-Angelegenheit vor der gemischten Commission veröffentlicht worden ist, heisst es am Schluss: „Die Reclamanten sind durch
ihr Verhalten in gesetzlichem und in moralischem Sinne
keine Neutralen, sondern Feinde der vereinigten Staaten,
welche an der Kriegführung wider dieselben Theil genommen haben. Ihr Eigenthum unterlag also auf offener See
der Wegnahme, ganz abgesehen von der Blokadefrage.“

Von der Commission ist die Reclamation der Eigenthümer der Schiffsladung einstimmig zurückgewiesen, dagegen ist den Schiffseigenthümern die Summe von 5065 £
als Ersatz für Schaden und verauslagte Kosten zuerkannt
worden.

Es würde interessant sein, die Gründe kennen zu
lernen, welche dieses Urtheil dictirt haben. Die Commission hat indess in diesem Falle so wenig wie in allen
übrigen Fällen ihrer Entscheidung Gründe beigegeben. Besonders bemerkenswerth ist es, dass auch der englische
Commissar, und zwar im Widerspruch mit dem Gutachten
der Kronjuristen, der erwähnten Entscheidung zugestimmt
hat. Es unterliegt wohl keinem Zweifel, dass er dabei
einem Winke des *Foreign Office* zu London gefolgt ist, wo
man vielleicht ein mit internationaler Beglaubigung ver-

sehenes Präjudiz zu erlangen wünschte, um danach vor-
kommenden Falls zu verfahren. Ist diese Voraussetzung
richtig, so sind die Rechte und Interessen der englischen
Unterthanen im vorliegenden Falle um diesen Preis ge-
opfert worden. Von dem Grafen Conti wurde in der englischen Presse damals behauptet, er sei mit dem Seerechte
sehr wenig vertraut gewesen und habe auch wohl geglaubt,
keine Veranlassung zum Widerspruche zu haben, nachdem
die Commissarien der betheiligten beiden Mächte sich ge-
einigt hatten. Wie dem aber auch sei, die gemischte Commission hat durch ihre Entscheidung Principien sanctionirt,
welche eine offene Drohung gegen das Völkerrecht enthalten und im Verein mit der gleichfalls approbirten Beweis-
theorie des höchsten amerikanisehen Gerichtshofes der Wir-
kung nach gleichbedeutend sind mit dem Grundsatze, dass
das neutrale Eigenthum auf offener See ganz ebenso
der Wegnahme unterworfen ist. wie das feindliche Privateigenthum.

Rechtliche Erörterung.

Der Verlauf, den die Springbok-Angelegenheit genommen hat, lässt erkennen, dass bei der Aufbringung des Schiffes und zunächst auch noch in der ersten gerichtlichen Instanz daran gedacht ist, die Strafbarkeit auf eine Verletzung der Grundsätze über Kriegscontrebande zurückzuführen. Jedoch bereits Richter Betts erkannte, dass die Theorie der Kriegscontrebande nicht ausreiche. Deshalb wurde die Annahme eines angeblich intendirten Blokadebruches verwerthet. Der höchste Gerichtshof gründet die Condemnirung der Ladung beinahe ausschliesslich auf dieses letztere Argument. — In den Verhandlungen vor der gemischten Commission taucht dann schliesslich noch die Deduction auf, die Eigenthümer der Ladung hätten sich zu Gunsten der Südstaaten an der Kriegführung betheiligt, seien daher nicht als Neutrale, sondern als Feinde zu betrachten, deren Privateigenthum auf offener See stets der Wegnahme unterliege.

Beschäftigen wir uns zunächst mit der Frage, ob im vorliegenden Falle die Condemnirung wegen Kriegscontrebande eintreten konnte.

Der Begriff der Kriegscontrebande wurde übereinstimmend mit der Definition von Hugo Grotius bereits in einer Reihe von Verträgen des 17. Jahrhunderts auf Waffen und Kriegsmunition beschränkt. Namentlich thut dies auch der im Jahre 1713 zu Utrecht geschlossene Vertrag, welcher für das Völkerseerecht epochemachend war. Es werden in Art. 12 die zur Kriegscontrebande gehörenden Gegenstände aufgezählt, dann heisst es am Schluss: *„et tous autres semblables genres d'armes et d'instruments de guerre, servant à l'usage des troupes."* Nicht minder gehören die 20 Artikel, welche in den Bündnissen der bewaffneten Neutralität als Kriegscontrebande aufgeführt werden, sämmtlich zur Kategorie der Waffen und der Kriegsmunition.

Die bedeutendsten neueren Publicisten, wir erwähnen namentlich Heffter und die Franzosen Ortolan und Hautefeuille fassen die Kriegscontrebande in diesem beschränkten Sinne auf. Letzterer bestätigt, dass in dieser Hinsicht seit länger als 100 Jahren Uebereinstimmung herrsche und fügt hinzu, dass es im Grunde nur England sei, welches den Begriff der Kriegscontrebande zur Zeit noch weiter ausdehne. — Wheaton, die erste völkerrechtliche Autorität der vereinigten Staaten, bemerkt gleichfalls, dass die Männer der Wissenschaft, die Prisen-Ordonnanzen und die Verträge im Wesentlichen darin übereinstimmend seien, dass nur Waffen und sonstige Gegenstände, welche ohne Umformung für Kriegszwecke verwendet werden können, zur Kriegscontrebande gehören. Weaton rechnet hierzu, eigentlich inconsequent, auch Schiffsbauholz und ausserdem Uniformstücke, er denkt aber nicht daran, wie Richter Betts, auch Knöpfe dahin zu zählen.

Es unterliegt hiernach wohl kaum einem Zweifel, dass von der Ladung des „Springbok" nur die Säbel, Degenscheiden, Bajonete und die 10 Fässchen salpetersauren Kalis als Kriegscontrebande angesprochen werden könnten.

Von mehreren Völkerrechtslehrern ist die Ansicht vertreten worden, dass Gegenstände, welche zur Kriegscontrebande gehören, unter keinen Umständen der Wegnahme auf offener See unterliegen, in sofern sie sich auf dem Transport nach einem neutralen Hafen befinden. An einer anderen Stelle (*Droit des Neutres sur Mer.* S. 119 u. f.) ist von dem Verfasser bereits ausführlicher nachgewiesen worden, dass diese Auffassung nicht als begründet anerkannt werden kann. Es hängt vielmehr Alles von der Frage ab, ob die zur Kriegscontrebande gehörenden Gegenstände für den Feind bestimmt sind oder nicht. Werden daher derartige Gegenstände nach einem neutralen Hafen verschifft und es lässt sich aus den Schiffspapieren oder anderweit mit Bestimmtheit nachweisen, dass dieselben eine feindliche Bestimmung haben, so ist ihre Wegnahme gerechtfertigt. Es kann unzweifelhaft nicht für erlaubt erachtet werden, dass der etwa in einem neutralen Hafen stationirten feindlichen Flotte Kriegscontrebande zugeführt wird. Eben so wenig erlaubt aber würde jede andere feindliche Bestimmung der Kriegscontrebande sein, für welche der neutrale Hafen etwa als Stationspunkt zum Zwecke weiterer Uebermittelung zu dienen hätte.

Hieraus folgt aber auch umgekehrt, dass Kriegscontrebande, welche auf dem Transport nach einem feindlichen Hafen aufgebracht wurde, nur in dem Falle condemnirt werden darf, wenn die feindliche Bestimmung derselben feststeht. Auch Phillimore räumt in seinen *Commentaries upon international law* ein, dass die Verurtheilung der nach einem feindlichen Hafen verschifften Kriegscontrebande nicht erfolgen könne, wenn aus der geringen Quantität der Gegenstände oder aus anderen Umständen hervorgehe, dass die Verwendung für Kriegszwecke nicht beabsichtigt worden sei. Schmalz hebt in seinen Europäischen Völkerrechte bereits sehr richtig hervor, dass für die Beurtheilung der feindlichen Bestimmung auch die geographische Lage des feindlichen Hafens in Erwägung zu ziehen sei.

da es z. B. offenbar einen wesentlichen Unterschied mache, ob in einem Kriege zwischen Frankreich und Italien Gegenstände, welche als Kriegscontrebande angesprochen werden können, in den Hafen von Bordeaux oder in den Hafen von Marseille geführt werden.

Die Beweislast hinsichtlich der feindlichen Bestimmung der Kriegscontrebande ist aber jedenfalls eine verschiedene, je nachdem diese nach einem neutralen oder nach einem feindlichen Hafen verschifft wurde. In dem ersteren Falle ist die Präsumtion für die friedliche Bestimmung, und das Gegentheil muss den Eigenthümern auf das stricteste nachgewiesen werden. In dem anderen Falle kann die Präsumtion nur für die feindliche Bestimmung sein und es muss den Reclamanten überlassen bleiben, den Beweis des Gegentheils zu führen.

Diese Auffassung, wennschon nicht hinreichend scharf präcisirt, tritt auch in dem erwähnten Gutachten von George Mellish und Vernon Harcourt hervor. Jeder Unbefangene wird erkennen, dass die von dem höchsten amerikanischen Gerichtshofe geltend gemachten Argumente nicht blos weit entfernt sind, einen stricten Beweis für die feindliche Bestimmung der Ladung zu begründen, sondern auch eine annähernde Wahrscheinlichkeit hierfür vermissen lassen. Vielmehr erscheint nach der ganzen Sachlage die Behauptung der Reclamanten durchaus glaubwürdig, dass die Absicht bestand, die gesammte Ladung des „Springbok" durch Vermittelung der Firma, an welche dieselbe consignirt war, auf offenem Markte zu Nassau öffentlich zu verkaufen.

Aber angenommen selbst, dass die feindliche Bestimmung erwiesen wäre, so konnten nach völkerrechtlichen Grundsätzen doch nur die zur Kriegscontrebande gehörenden Gegenstände, aber nicht auch der übrige Theil der Ladung condemnirt werden. Diesen Grundsatz bezeichnet bereits der berühmte holländische Jurist Bynkershoek (*quaestiones jur. publ. I., Cap. 12*) als zu Recht bestehend. Vattel betrachtet ihn als allgemein anerkanntes Recht, und dieser Auffassung schliesst sich auch die gesammte neuere Wissenschaft an. Selbst die englischen Juristen bestätigen dies. Phillimore bemerkt, dass nur in ganz ausnahmsweisen Fällen „die schroffen Bestimmungen des alten Rechtes" Anwendung finden dürfen. Nur in dem Falle. dass die Kriegscontrebande und der übrige Theil der Ladung denselben Eigenthümer haben, will er die Condemnirung der ganzen Ladung gestatten. Die französische Kriegspraxis machte hiervon bisher in sofern eine Ausnahme. als sie auf Grund eines Reglements aus dem Jahre 1778 die gesammte Ladung in dem Falle der Wegnahme unterwirft, dass die Kriegscontrebande wenigstens $3/4$ des Werths derselben beträgt. Im vorliegenden Falle aber betrug der Werth der Kriegscontrebande. selbst wenn die metallenen Knöpfe hinzugezählt werden, kaum mehr als den hundertsten Theil der übrigen Ladung.

Es darf daher nicht verwundern, dass die amerikanischen Richter, um die Condemnirung der gesammten Ladung des „Springbok" zu rechtfertigen, sich noch nach anderen Argumenten umgesehen haben. Auf diese Weise ist eine ganz neue Theorie des Blokaderechts entstanden.

Nach der Ausführung des höchsten amerikanischen Gerichtshofes ist ein Blokadebruch mit der Ladung des „Springbok" beabsichtigt worden. wennschon der unmittelbare Bestimmungsort der neutrale Hafen von Nassau war. Der blokirte Hafen, nach welchem die Ladung angeblich weiter verschifft werden sollte, wird nicht genannt. Der Gerichtshof beschränkt sich darauf, zu erklären, dass die definitive Bestimmung ein „Rebellenhafen" gewesen sei und fügt hinzu. dass alle Rebellenhäfen damals blokirt waren.

Also ein Blokadebruch begangen durch die angebliche Absicht, eine Schiffsladung nach einem blokirten Hafen zu befördern, welcher nicht einmal dem Namen nach bezeichnet werden kann! Sehen wir uns dieses völkerrechtliche Monstrum von „Blokadebruch“ etwas näher an.

Die erste und wesentlichste Voraussetzung für die Möglichkeit eines Blokadebruchs ist das Vorhandensein eines im völkerrechtlichen Sinne blokirten Hafens. Blokaden müssen effectiv sein, um die Neutralen zur Beachtung derselben während des Krieges zu verpflichten. Dieser Grundsatz wurde bereits im 17. und 18. Jahrhundert anerkannt. Die bewaffnete Neutralität von 1780 bestimmte in dieser Beziehung: *„Que pour déterminer ce qui caractérise un port bloqué, on n'accorde cette détermination qu'à celui ou il y a, par la disposition de la puissance qui l'attaque avec des vaisseaux arrêtés et suffisament proches un danger évident d'entrer.“* Die zweite bewaffnete Neutralität von 1800 drückt dasselbe Princip, wie folgt, aus: *„Un port ne peut être regardé comme bloqué que si son entrée est évidemment dangereuse, par suite des dispositions prises par une des puissances belligérantes par le moyen des vaisseaux placés à proximité.“*

Zu derselben Zeit wurde der in Rede stehende Grundsatz von England auf das Gröblichste verletzt. Diese Macht nahm in den Seekriegen am Schlusse des vorigen und im Anfange dieses Jahrhunderts das Recht in Anspruch, feindliche Häfen durch Königliche Ordres in Blokadezustand zu erklären, ohne dass eine thatsächliche Einschliessung derselben erfolgt war. Neutrale Schiffe, in sofern sie sich auf der Fahrt nach einem derartigen Hafen befanden, wurden von den englischen Kreuzerschiffen aufgebracht und mit den Ladungen demnächst condemnirt. Die englische Regierung hat indess diese „papiernen Blokaden“ selbst als Ausnahmsmassregeln bezeichnet.

welche durch die Noth der damaligen Verhältnisse geboten worden seien. Eine grundsätzliche Vertheidigung dieser Theorie ist auch von englischer Seite nicht übernommen worden, obwohl der Versuch gemacht wurde. etwas Aehnliches in den im Jahre 1801 zwischen England und Russland abgeschlossenen Vertrag einzuschmuggeln. Der Begriff der Blokade wurde daselbst mit denselben Worten, wie durch die bewaffnete Neutralität von 1780 bestimmt, mit der einzigen unscheinbaren. aber praktisch sehr wichtigen Ausnahme. dass für die Worte *„avec des vaisseaux arrêtés et suffisamment proches“,* gesagt wurde: *„avec des vaisseaux arrêtés o u suffisamment proches.“* Eine Abart des *blocus sur papier*, die Blokade *„par croisière“*, d. h. die Blokade. welche durch Kriegsschiffe aufrecht erhalten wird. die lediglich in der näheren oder entfernteren Umgegend des Hafens kreuzen, wurde dadurch legalisirt.

Seitdem hat England auch in seiner Praxis die papierne Blokade aufgegeben. In der bei dem Beginne des Krimkrieges erlassenen officiellen Proclamation (*London Gazette* vom 20. März 1854) hiess es in dieser Beziehung: *„and she (Her Majesty) must maintain the right of a belligerent to prevent neutrals from breaking any effective blokade which may be established with an adequate force against the ennemy's forts, harbours or coasts.“* Auch die Declaration des Pariser Congresses bestimmt: *„Les blocus pour être obligatoires doivent être effectifs, c'est-à-dire maintenus par une force suffisante pour intredire réellement l'accès du littoral de l'ennemi.“*

Demgemäss bemerkt Bluntschli in seinem Werke über das moderne Völkerrecht §. 829: „Für wirksam gesperrt ist ein Hafen dann zu erachten. wenn die Ein- und Ausfahrt entweder durch Kriegsschiffe. welche vor dem Hafen liegen. oder ducrh Landbatterien des blokirenden Staates verhindert werden. Eine bestimmte Anzahl von Kriegsschiffen wird nicht erfordert. eben so wenig als eine bestimmte Anzahl von Kanonen der Landbatterie. Aber es muss die vorhandene Kriegsmacht nahe und stark genug sein, um nicht blos in einzelnen Fällen, aber auch nicht nothwendig in allen Fällen. sondern regelmässig den Verkehr der Handelsschiffe verhindern zu können."

In §. 833 spricht Bluntschli den ferneren völkerrechtlichen Grundsatz aus: „Die Blokade dauert nicht länger. als sie wirksam ist." Ziehen sich die blokirenden Schiffe vor einer überlegenen feindlichen Seemacht zurück. so gilt auch die Blokade als aufgehoben. Es folgt daraus, dass ein neutrales Schiff nicht bereits auf offener See. wenn es sich auf der Reise nach einem blokirten Hafen befindet, wegen Blokadebruchs aufgebracht werden kann, selbst wenn die Erklärung der Blokade dem Capitain bekannt geworden war. Es liegt vielmehr ein Blokadebruch im völkerrechtlichen Sinne nur dann vor. wenn das neutrale Schiff es unternimmt. mit Gewalt oder List in den blokirten Hafen einzudringen. Jedenfalls muss das Schiff, wie Bluntschli §. 835 a. a. O. sagt. während des Versuchs. die Blokade zu durchbrechen, ergriffen worden sein. Dieser Grundsatz wird allgemein anerkannt. auch von den amerikanischen und englischen Autoritäten des Völkerrechts (Wheaton *Eléments du Droit international t. II., §. 28*).

Der berühmte englische Prisenrichter Sir W. Scott sagt: um den Thatbestand eines Blokadebruchs festzustellen. sind drei Dinge erforderlich: 1) das Vorhandensein einer wirklichen Blokade; 2) der Umstand. dass die Blokade der Person, welche straffällig sein soll, bekannt war; 3) ein thatsächlicher Act des Blokadebruchs beim Einlaufen in den Hafen oder bei dem Auslaufen aus demselben. (Robinson's *Admiralty reports Vol. I., pag. 92*). Die englischen und theilweise auch die amerikanischen Juristen präsumiren jedoch. dass das Vorhandensein der Blokade dem neutralen Schiffer bekannt geworden ist. sobald die officielle Notification der Blokade erfolgte. Der thatsächliche Blokadebruch wird daher in diesem Falle stets als wissentlicher und deshalb strafbarer Blokadebruch angesehen.

Zur Zeit der papiernen Blokaden. am Schlusse des vorigen und im Anfange dieses Jahrhunderts, konnte von einem thatsächlichen Blokadebruche nicht die Rede sein, da thatsächliche Blokaden damals nicht existirten. Deshalb condemnirten die englischen Prisenrichter zu jener Zeit die neutralen Schiffe. sobald sie auf der Reise nach einem lediglich durch königliche Ordre in Blokadezustand erklärten Hafen betroffen wurden. Man brauchte bei dieser Theorie nur einen Schritt weiter zu gehen. um zu dem von den amerikanischen Prisenhöfen in dem Springbok-Falle aufgestellten Grundsatze zu gelangen. Nachdem die papiernen Blokaden aufgehoben sind, verlangen aber auch die englischen Juristen einen thatsächlichen Blokadebruch. Da also nach englischer Rechtsauffassung die directe Fahrt eines neutralen Schiffes nach einem blokirten Hafen noch nicht ohne Weiteres strafbar ist, so kann noch weniger die Fahrt auf Umwegen eines solchen. schliesslich für einen blokirten Hafen bestimmten Schiffes strafbar sein. Wenn gleichwohl die mehrfach genannten beiden englischen Juristen in ihrem Gutachten den amerikanischen Prisenrichtern darin Recht zu geben scheinen, dass die Theorie von der Einheit der Reise. *the doctrine of continuous voyage,* auch auf den Blokadebruch Anwendung finde, so ist dies jedenfalls unlogisch. Diese Theorie. welche zuerst Seitens der englischen Richter gegen neutrale Schiffe angewendet wurde, von denen mit Colonien feindlicher Mächte auf Umwegen Handel getrieben war. kann, wie weiter oben ausgeführt wurde, auch bei der Kriegscontrebande nicht schlechthin verworfen werden. ihre Anwendung auf die Theorie des

Blokadebruchs, für welchen ganz andere Voraussetzungen bestehen, führt aber einfach zu Absurditäten.

Das neuere Völkerrecht geht indess noch einen Schritt weiter und macht die Strafbarkeit des Blokadebruchs davon abhängig, dass dem Capitain des neutralen Schiffes von dem Commandanten des Belagerungsgeschwaders eine specielle Mittheilung von dem Bestehen resp. dem Fortbestehen der Blokade gemacht worden war. Die bewaffnete Neutralität von 1800 schrieb in dieser Beziehung vor: *„Que tout bâtiment, naviguant vers un port bloqué ne pourra être regardé comme contrevenant que lors qu'après avoir été averti par le commandant du blocus de l'état du port, il tâchera d'y pénétrer en employant la force ou la ruse."*

Derselbe Grundsatz ist in eine erhebliche Anzahl von Verträgen übergegangen und fand sich im Wesentlichen auch in Art. 18 des Vertrages zwischen England und den vereinigten Staaten vom 19. November 1794, welcher zur Zeit, wo die Springbok-Angelegenheit verhandelt wurde, allerdings nicht mehr in Wirksamkeit war. Es heisst dort, jedes Schiff, dem die Blokade unbekannt geblieben war, könne nicht aufgebracht, sondern lediglich zurückgeschickt werden, es sei denn, dass es nach empfangener Mittheilung des Sachverhalts noch den Versuch mache, in den blokirten Hafen einzudringen.*) Die Declaration des Präsidenten Lincoln vom 19. April 1861, durch welche die Häfen der Südstaaten in Blokadezustand erklärt wurden, bestimmt, dem gedachten Principe entsprechend, wie folgt: „Wenn

---

*) Die 10 ersten Artikel des Vertrages vom 19. November 1794, sowie der Art. 12 sollten für immer gelten, die übrigen Artikel, wozu auch der hier in Frage kommende Art. 18 gehört, dagegen nur auf die Dauer von 12 Jahren. Durch den Krieg, welcher 1812 zwischen Grossbritannien und den vereinigten Staaten wieder ausbrach, wurde auch der Vertrag von 1794 aufgehoben, und der am 24. Dezember 1814 zwischen den beiden Mächten zu Gent geschlossene Vertrag hat auf-

irgend ein Schiff den Versuch machen sollte. in der Absicht die Blokade zu verletzen, einen der Häfen zu verlassen oder in einen solchen einzulaufen. so soll der Commandant eines der die Blokade bewirkenden Schiffe dasselbe von der Sachlage in Kenntniss setzen und einen Vermerk hierüber in das Register des betreffenden Schiffes einschreiben. Sollte das Schiff jetzt von Neuem den Versuch machen, in den blokirten Hafen einzulaufen oder von dort auszulaufen. so soll dasselbe aufgebracht und in den zunächst belegenen Hafen der vereinigten Staaten gebracht werden. damit dort nach Landes-Jurisdiction wider Schiff und Ladung verfahren werde."

Auch die Proclamation des Präsidenten Lincoln, welche für die amerikanischen Prisenhöfe massgebend sein musste, da das Recht. eine solche zu erlassen. nach Lage der amerikanischen Landesgesetze für das Staatsoberhaupt unzweifelhaft besteht, macht also die Straffälligkeit davon abhängig. dass ein thatsächlicher Blokadebruch Seitens des neutralen Schiffes begangen wurde, nachdem diesem vorher an Ort und Stelle eine specielle Notification über die Sachlage gemacht worden war.

Der höchste Gerichtshof der vereinigten Staaten hat aber die Ladung des „Springbok", welcher sich auf der Fahrt nach einem neutralen Hafen befand. wegen intendirten Blokadebruchs lediglich unter der Voraussetzung condemnirt, dass dieselbe für einen der blokirten Häfen der Südstaaten bestimmt war. — Abgesehen davon, dass

---

fallender Weise nicht blos den erwähnten Vertrag, sondern auch den Vertrag zu Paris vom 3. September 1783 nicht wieder hergestellt, wodurch die 13 ehemals englischen Colonien „*as free, sovereign, and independent States*" anerkannt wurden.

Ein Vertrag zwischen England und den vereinigten Staaten, welcher Bestimmungen über das Kriegsseerecht enthält, besteht zur Zeit nicht.

diese endgiltige Bestimmung der Ladung gar nicht erwiesen worden ist, steht daher diese Entscheidung nicht blos mit den allgemein anerkannten Grundsätzen des Völkerrechts über den Blokadebruch, sondern auch mit der Proclamation des Präsidenten Lincoln vom 19. April 1861 in offenbarstem Widerspruche.

Nicht einmal der blokirte Hafen, für welchen die Ladung bestimmt gewesen sein soll, ist, wie bereits bemerkt wurde, bezeichnet worden. Der Gerichtshof beschränkt sich auf die Bemerkung, sämmtliche Häfen der Südstaaten hätten sich im Zustande effectiver Blokade befunden. Letzteres kann eingeräumt werden; es wird sogar anerkannt, dass gegen die Effectivität der Blokade der südstaatlichen Häfen während des Secessionskrieges keine Klage geführt worden ist. Aber die von dem höchsten Gerichtshofe der vereinigten Staaten aufgestellte Theorie eines Blokadebruchs, begangen von der Ladung eines neutralen Schiffs (dass der „Springbok" an dem Blokadebruche nicht betheiligt war, nimmt, wie bereits bemerkt wurde, auch der Gerichtshof an), welche sich auf der Fahrt nach einem neutralen Hafen befand, ist etwas bisher ganz Unerhörtes und führt, verbunden mit dem im vorliegenden Falle zur Anwendung gebrachten Beweisverfahren, in ihren Consequenzen dahin, dass neutrales Gut auf offener See ganz allgemein zum Gegenstande der Kriegsbeute gemacht werden kann.

Mr. Robert Hall, welcher als Advokat der vereinigten Staaten vor der gemischten Commission fungirt hat, theilt als Anhang zu einem am 30. November 1873 zu Washington von ihm veröffentlichten Berichte ein sehr bemerkenswerthes „vertrauliches Memorandum" mit. Dasselbe enthält die von dem Staatssecretair Fish unter dem 22. Februar 1871 den fünf amerikanischen Commissaren, welche mit fünf englischen den Vertrag von Washington vereinbart haben, ertheilten geheimen Instructionen. Darin heisst es, dass die Regierung der vereinigten Staaten in sämmtlichen 167 Prisen-Fällen, mit welchen die Commission sich zu befassen haben werde, der Entscheidung der Gerichtshöfe beitrete, mit alleiniger Ausnahme des Springbok-Falles. Gleichwohl hat die internationale Commission dieses Urtheil schliesslich bestätigt und dadurch ein sehr verhängnissvolles völkerrechtliches Präjudiz begründet. Bei dieser Sachlage dürfte es auf dem Gebiete des Kriegsrechts keine brennendere Frage geben, als die genaue Präcisirung der Voraussetzungen eines Blokadebruchs und der durch einen solchen Seitens der Neutralen verwirkten Strafen.

Schlussbetrachtung.

Durch die Entscheidung des höchsten amerikanischen Gerichtshofes in der Springbok - Angelegenheit sind. wie wir gesehen haben, Grundsätze verletzt worden, welche bisher von allen civilisirten Nationen anerkannt wurden. Es fragt sich daher, wie derartigen, für den Seehandel der Neutralen verhängnissvollen Ausschreitungen in Zukunft begegnet werden kann? Die internationalen Vereinbarungen, welche in diesem Augenblicke zu dem Zwecke eingeleitet sind, um die Härten des Landkrieges nach Möglichkeit zu mildern, zeigen offenbar zur Erreichung dieses Ziels auch für den Seekrieg den geeigneten Weg. Viele jener Sätze, welche von der Conferenz zu Brüssel unlängst so lebhaft berathen worden sind. finden sich bereits in jedem Compendium des Völkerrechts als allgemein anerkannte Regeln aufgeführt. Aber ist dadurch auch deren Anwendung und Befolgung in den Kriegen gesichert gewesen?

Eine internationale Vereinbarung hat für die kriegführende Macht und deren Feldherren ein ganz anderes Gewicht, als ein theoretischer Satz, wennschon sämmtliche Völkerrechtslehrer über denselben einig sein mögen. Die Richtigkeit dieser Auffassung ist durch den Eifer bestätigt worden, mit welchem in Brüssel für und wider die vertragsmässige Fixirung solcher durch die

Wissenschaft längst anerkannter völkerrechtlicher Grundsätze gekämpft worden ist. Namentlich aber legt die grosse Entschiedenheit Zeugniss ab. mit welcher England dafür eintrat. dass jede internationale Vereinbarung über das Kriegsseerecht von der Tagesordnung fernbleibe. Es unterliegt wohl keinem Zweifel. dass eine Entscheidung. wie diejenige des höchsten amerikanischen Gerichtshofes in der Springbok-Angelegenheit unmöglich gewesen wäre, wenn in der Pariser Declaration von 1856 einfach das längst geltende Recht über die Kriegscontrebande und über den Blokadebruch zum Ausdruck gelangt wäre.

Die Bündnisse der bewaffneten Neutralität. deren Bestehen leider nicht von langer Dauer war. hatten in dieser Hinsicht bereits am Schlusse des vorigen Jahrhunderts der neuen Rechtsentwickelung einen im Wesentlichen ganz correcten Ausdruck gegeben. Zunächst war der Begriff der Kriegscontrebande durch die erste bewaffnete Neutralität von 1780 genau präcisirt worden. Es waren dieser Vereinbarung die Bestimmungen eines zwischen England und Russland unter dem 20. Juli 1766 geschlossenen Vertrages zu Grunde gelegt. welcher im Art. 11 die Gegenstände namentlich aufzählt. die zur Kriegscontrebande gehören sollen. Darunter befinden sich nur solche, welche unmittelbar für Kriegszwecke Verwendung finden. Auch wird bestimmt. dass nur die Kriegscontrebande selbst der Wegnahme unterliegt.*)

---

*) Art. 11 des Vertrages vom 20. Juli 1766 lautet: *Tous les canons, mortiers, armes à feu, pistolets, bombes, grenades, boulets, balles, fusils, pierres à feu, mèches, poudre, salpêtre, soufre, cuirasses, piques, épées, ceinturons, poches à cartouche, selles et brides au delà de la quantité qui peut être nécessaire pour l'usage du vaisseau, ou au delà de celle que doit avoir chaque homme, servant sur le vaisseau et passager, seront réputés provisions ou munitions de guerre, et s'il s'en trouve, elles seront confisquées selon les lois comme contrebande ou effets prohibés. (Martens recueil des principaux traités t. 1, p. 145.)*

Es würde sich daher in Betreff der Kriegscontrebande nur um die Erneuerung der Bestimmungen der bewaffneten Neutralität von 1780 handeln. Selbstverständlich müsste die Liste der Gegenstände. welche zur Kriegscontrebande gehören sollen, der inzwischen veränderten Art der Kriegführung angepasst werden. Mehrere der im Art. 11 des Vertrages vom 20. Juni 1766 aufgeführten Artikel, wie Feuersteine etc., finden bei der heutigen Kriegführung nicht mehr Verwendung. dagegen haben andere Gegenstände, wie z. B. Steinkohlen und Schiffsmaschinen. für die Kriegführung seitdem eine hervorragende Bedeutung gewonnen. Eine heute aufzustellende Liste würde daher im Verhältniss zu derjenigen vom 20. Juni 1766 theilweise Beschränkungen, theilweise Erweiterungen des Begriffs der Kriegscontrebande zu enthalten haben. Sollten aber auch in dieser letzteren Beziehung Concessionen an die eine oder die andere Macht zur Erreichung des Einverständnisses sich nöthig erweisen. und dadurch der eine oder der andere zweifelhafte Artikel zur Kriegscontrebande erklärt werden, so würde durch eine solche feste Begriffsbestimmung gleichwohl ein wichtiges Ergebniss gesichert sein. Bekanntlich bringen England und einige andere Mächte denjenigen Nationen gegenüber, mit welchen der Begriff der Kriegscontrebande nicht vertragsmässig geregelt ist noch die elastische Theorie einer Quasi-Kriegscontrebande zur Anwendung, mit deren Hülfe die friedlichsten und harmlosesten Handelsartikel von den Prisenhöfen condemnirt werden. Die Verbannung dieser letzteren Theorie aus dem Völkerrechte ist daher ein allgemein anerkanntes Bedürfniss. Der einzige sichere Weg hierzu ist aber die Vereinbarung hinsichtlich einer ganz präcisen Liste derjenigen Artikel, welche zur Kriegscontrebande ausschliesslich gehören sollen, sobald ihre feindliche Bestimmung unzweifelhaft ist.

Dem Grundsatze. dass nur die Kriegscontrebande selbst,

unter keinen Umständen aber auch das befrachtete Schiff oder der übrige Theil der Ladung der Confiscation unterliege, wird gleichfalls nur durch eine internationale Vereinbarung eine gegen die Uebergriffe in der Praxis einzelner Mächte gesicherte Grundlage gegeben werden können.

Die von den Bündnissen der bewaffneten Neutralität über das Blokaderecht aufgestellten Grundsätze genügen bereits allen Anforderungen der heutigen Rechtsanschauung. Von der ersten bewaffneten Neutralität wird bestimmt. dass ein Hafen nur dann als blokirt anzusehen ist, wenn er durch eine hinreichende Anzahl stationirter Schiffe wirklich eingeschlossen wird. Die zweite bewaffnete Neutralität beschäftigt sich auch mit dem Blokadebruch und bestimmt, dass ein solcher nur dann vorhanden ist. wenn ein neutrales Schiff, nachdem es durch eins der blokirenden Schiffe von der Sachlage unterrichtet worden ist, die Blokadelinie mit List oder Gewalt zu durchbrechen versucht. Es bedarf daher in der That im Grunde lediglich einer Erneuerung der von den Neutralitätsbündnissen aufgestellten Grundsätze, um die Theorie von der Kriegscontrebande und das Blokaderecht in einer dem heutigen Rechtsbewusstsein entsprechenden Weise festzustellen. Dieser Umstand enthält aber eine gewichtige Mahnung an die civilisirten Mächte, dass sie einer Massregel ihr thatkräftiges Interesse zuwenden, deren Durchführung vor ungefähr hundert Jahren nahezu bereits gelungen war.

Ein dritter, durch die Springbok-Angelegenheit aufgedeckter Schaden ist die bisherige Gestalt der Prisengerichtsbarkeit. Es ist offenbar ein Uebelstand, dass eine kriegführende Macht durch die Gerichtsbarkeit über die von ihr aufgebrachten neutralen Schiffe und Ladungen zum Richter in eigener Sache gemacht wird. Die englischen und amerikanischen Juristen pflegen sich zur Begründung dieser Gerichtsbarkeit auf den Umstand zu berufen, dass sie von jeher bestanden habe. Deutsche Juristen haben eine principiellere Begründung durch die Bemerkung versucht, dass dieselbe auf ein *forum arresti sive deprehensionis* zurückzuführen sei. Dieser Auffassung liegt aber ein Rechtsirrthum zu Grunde. Die offene See gehört bekanntlich nach völkerrechtlichen Grundsätzen allen Nationen. und die Folge davon ist, dass das *forum arresti* des daselbst wegen eines Delicts aufgebrachten neutralen Schiffes nicht ein nationaler, sondern nur ein internationaler Gerichtshof sein kann. Für die Competenz eines solchen spricht daher die allgemeine Rechtstheorie, nicht minder aber sprechen dafür politische und Zweckmässigkeitsgründe. Deshalb haben nach dem Vorgange des bekannten dänischen Publicisten Hübner vor längerer Zeit bereits namhafte deutsche Jnristen. wie Martens und Klüber, der Uebertragung von Prisensachen an internationale Gerichtshöfe das Wort geredet.

Der bekannte englische Prisenrichter Lord Stowell (Sir W. Scott) sagt über den von ihm präsidirten Prisenhof: „Dieser Gerichtshof ist ein völkerrechtliches Tribunal, welches unter der Autorität Seiner Grossbritannischen Majestät Recht spricht." Lord Stowell hatte also ein richtiges Verständniss dafür, dass in Prisensachen ein nationaler Gerichtshof nicht competent sein kann. Es ist aber einigermassen kühn, wenn ein mit englischen Richtern besetzter englischer Gerichtshof ein völkerrechtliches Tribunal genannt wird.

Die auf Grund des Vertrages von Washington eingesetzte gemischte Commission giebt für den zur Reform der Prisengerichtsbarkeit einzuschlagenden Weg einen wichtigen Fingerzeig. Dass diese Commission so wenig gethan hat. um die von den amerikanischen Prisenhöfen gefällten Entscheidungen zu rectificiren. hatte in besonderen Verhältnissen seinen Grund. Die englische Regierung selbst trägt, wie bereits bemerkt wurde, einen grossen Theil der Schuld. Dazu kommt, dass der Vertrag zu Washington im Grunde wohl nur zu dem Zwecke geschlossen ist, um die politische Niederlage, welche England den vereinigten Staaten gegenüber erlitten hatte, möglichst zu verdecken.

Das Wohlwollen, welches die englische Regierung den **Südstaaten während des Secessionskrieges** zu Theil werden liess, war auf Voraussetzungen gegründet, welche der Erfolg nicht gerechtfertigt hat. Als daher der Krieg in einem für die einheitliche amerikanische Republik günstigen Sinne beendigt war, machten die vereinigten Staaten die englische Regierung wegen ihrer mit den Neutralitätspflichten nicht vereinbaren Haltung und namentlich deshalb verantwortlich, weil sie die Ausrüstung südstaatlicher Kaperschiffe in den englischen Häfen zugelassen habe. Die Amerikaner hatten als praktische Leute weniger die Chancen eines Krieges, als vielmehr eine Entschädigungssumme in baarem Gelde im Auge. Die englische Regierung, welche ihren Rückzug decken wollte, verstand sich nicht zu sofortiger Zahlung einer solchen Summe, sondern verlangte die Entscheidung eines Schiedsgerichts und die schiedsgerichtliche Erledigung der gleichfalls aus der Zeit des Secessionskrieges herrührenden Reclamationen britischer Unterthanen wegen angeblich ungerechter Urtheile amerikanischer Prisenhöfe. Die Amerikaner wollten die Sache und erwiesen sich daher in der Form möglichst entgegenkommend. So entstand der Vertrag von Washington, welcher die schiedsrichterliche Erledigung der **Alabama-Frage** sowohl, wie der englischen Beschwerden in's Auge fasste. Gleich nach Abschluss des Vertrages erhob sich gegen die englische Regierung in der Opposition-Presse ein gewaltiger Sturm. Es wurde der Regieruug der Vorwurf gemacht, sie habe sich durch die Art der Zusammen-

setzung der Schiedsgerichte, namentlich desjenigen, welches
in Genf über die Alabama-Frage befinden sollte, durch die
Formulirung der Rechtsgrundsätze, welche für den letzteren
Gerichtshof massgebeud sein sollten, durch eine Reihe von
Nebenpunkten endlich, z. B. durch die ungleichmässigen
Bestimmungen über die Verzinsung der beiden Theilen event.
zuzuerkennenden Entschädigungssummen, von den klugen
Amerikanern gründlich düpiren lassen. Es ist richtig,
die Amerikaner haben durch den Vertrag von Washington
den Löwenantheil erhalten, der Vorwurf dürfte jedoch nicht
ganz zutreffend sein, dass die Engländer bei dieser Gelegenheit sich haben düpiren lassen. Die englische Regierung wollte unter allen Umständen aus der heikelen
Lage heraus, in welche sie den vereinigten Staaten gegenüber durch ihre Schuld gerathen war, und sie hatte sich
darauf gefasst gemacht, dass dies ohne erhebliche Geld-
opfer nicht zu erreichen war. Deshalb war sie zufrieden
damit, dass sie nicht genöthigt wurde, ihre Verschuldung
direct einzuräumen. Die Schiedsgerichte in Genf und
Washington bauten ihr zu diesem Zwecke eine goldene
Brücke. Dass England durch die Entscheidungen nicht
als Sieger hervorgehen werde, war zwischen den Zeilen
des Vertrages von Washington zu lesen, und die diesem
letzteren vorangehenden Verhandlungen liessen noch weniger
einen Zweifel darüber.

Aus dieser politischen Gesammt-Situation und ausserdem auch wohl aus dem Umstande, dass der englischen
Regierung durch ihre traditionelle Seekriegs-Politik die
Hände gebunden waren, sowie aus gewissen Hintergedanken
dieser Regierung wird die Haltung der gemischten Commission und die ganz unglaubliche Entscheidung der Springbok-
Angelegenheit im Wesentlichen zu erklären sein. Die englische Regierung scheint daran ·gedacht zu haben, dass sie
die seerechtlichen Präjudice der gemischten Commission zu

Washington eines Tages für ihre eigenen Zwecke werde verwerthen können.

Es liegt in der Natur der Verhältnisse. dass auch eine internationale Commission keine unbedingte Garantie für eine ganz unabhängige und von politischer Beeinflussung befreite Rechtsprechung in Prisensachen bietet. Aber es würde unrichtig sein, hieraus zu folgern, wie dies der französische Jurist Hautefeuille (*des droits et des devoirs des nations neutres en temps de guerre maritime IV. pag. 312*) thut, dass es sich empfehle, die jetzige Einrichtung der Prisengerichtsbarkeit beizubehalten. Einen Gerichtshof, der eine absolute Garantie für seine Unparteilichkeit bietet, giebt es überhaupt nicht. Aber es wird jedenfalls als ein wesentlicher Fortschritt bezeichnet werden müssen, wenn die kriegführende Macht dadurch aufhört, den Neutralen gegenüber Richter in eigener Sache zu sein, dass ein aus sachverständigen Männern zusammengesetzter internationaler Gerichtshof mit richterlicher Autorität ein endgiltiges Urtheil fällt. Auf diese Weise hört der Uebelstand auf. dass die von den Gerichtshöfen der kriegführenden Mächte in Prisensachen gefällten Urtheile, wie die Völkerrechtslehrer sich ausdrücken. nur gegenüber diesen letzteren, aber nicht auch den Neutralen gegenüber rechtskräftig werden. Es ist dies eine juristische Abnormität, welche lediglich in dem abnormen Zustande der heutigen Prisengerichtsbarkeit ihren Grund hat.

Besonders lebhaft ist in neuerer Zeit auch einer genauen Präcisirung des Durchsuchungsrechts das Wort geredet worden. Dasselbe steht den Kriegsschiffen der kriegführenden Mächte neutralen Schiffen gegenüber zu dem Zwecke zu, um etwaige Zweifel über die Nationalität dieser letzteren, sowie den Umstand festzustellen, ob dieselben Kriegscontrebande am Bord führen. Es ist mit der Ausübung dieses Rechts vielfacher Missbrauch getrieben worden. Heut zu Tage gilt wenigstens in der Theorie der Grundsatz allgemein, dass der Capitain des Kriegsschiffes sich auf die Inspection der Schiffspapiere zu beschränken hat, und nur in dem Falle, wenn diese dem Verdachte der Fälschung Raum geben oder den Beweis liefern, dass Kriegscontrebande am Bord befindlich ist, zu einer thatsächlichen Durchsuchung des neutralen Schiffes schreiten darf. Frei von der Durchsuchung sind, wie bereits die zweite bewaffnete Neutralität anerkannt hat, neutrale Schiffe, welche sich unter die Escorte eines neutralen Kriegsschiffes begeben haben, sobald der Capitain dieses letzteren die Erklärung abgiebt, dass keine Kriegscontrebande sich am Bord befindet.

Die sämmtlichen hier erörterten Reformmassregeln, soweit sie die Kriegscontrebande, das Blokade- und das Durchsuchungsrecht betreffen, sind im Wesentlichen bereits von dem positiven Völkerrechte anerkannt, und von den meisten kriegführenden Mächten auch in der Praxis befolgt worden. Für die Reform der Prisengerichtsbarkeit ist durch den Vertrag von Washington wenigstens ein einleitender Schritt geschehen. Die wichtigste Reformmassregel endlich, durch welche das moderne Kriegsseerecht erst zu einem würdigen Abschluss gelangen kann, ist durch die Initiative Preussens und Oesterreichs im Jahre 1866 und durch die Initiative der Deutschen Mächte im Jahre 1870 bereits in die Praxis eingeführt worden.

Es würde eine müssige Aufgabe sein, wollten wir Vermuthungen darüber aussprechen, ob über den in Rede stehenden Grundsatz, dass feindliches Privateigenthum auch auf offener See nicht Gegenstand der Kriegsbeute sein soll, bereits in naher Zukunft ein Einverständniss der Mächte herbeigeführt werden wird. Scheint es doch fast, als wenn es England gelingen soll, in diesem Augenblicke die

Reform des Kriegsseerechts zu verhindern. Aber es darf nicht vergessen werden, dass eine eiserne Logik in der Geschichte stets grosse Entwickelungen weiter treibt, sobald einmal der entscheidende Anfang gemacht worden ist. Die in Brüssel begonnene Reform des Kriegsrechts, welche in St. Petersburg jetzt fortgesetzt werden soll, kann nicht auf einem Beine stehen bleiben. Das haben die englischen Staatsmänner vollständig begriffen und aus diesem Umstande erklärt sich die Weigerung, an den in Aussicht genommenen ferneren Berathungen über die Reform des Landkrieges Theil zu nehmen. Die Abschaffung der Kaperei war von hervorragenden Staatsmännern und Schriftstellern seit länger als 100 Jahren vergeblich angestrebt worden und fiel endlich im Jahre 1856 in einem Augenblick, wo Niemand dieses Ereigniss als nahe bevorstehend geglaubt hatte, der civilisirten Welt als reife Frucht in den Schooss. Die edelmüthigen Initiativen, welche Preussen und Deutschland in dem Kriege von 1870 durch ihre Praxis in Bezug auf das feindliche Privateigenthum zur See und Russland durch seinen Congressvorschlag zur Reform des Landkrieges ergriffen haben, bürgen dafür, dass die von dem Rechtsbewusstsein der civilisirten Völker längst verurtheilten Ueberbleibsel des Seekrieges aus der alten Raub- und Piratenzeit in nicht allzuferner Zeit ihr Ende erreichen werden.

Druck von F. Hoffschläger in Berlin.

Carl Heymann's Verlag in Berlin S.W.

Rechts- und Staatswissenschaftlicher Verlag.

Unter der Presse befindet sich aus der Feder des Herrn Verfassers:
LE DROIT DES NEUTRES SUR MER. **Zweite Auflage.**

Ferner sind erschienen:

Grundsätze des practischen Europäischen Seerechts, besonders im **Privatverkehr** mit Rücksicht auf alle wichtigeren Particularrechte, namentlich der Norddeutschen Seestaaten, besonders Preussens und der Hansestädte, sowie Hollands, Frankreichs, Spaniens, Englands, Nord-Amerikas, Dänemarks, Schwedens, Russlands etc. Von Dr. jur. Carl von Kaltenborn. In zwei Bänden. Preis Mark 14,25.

Gesetz-Sammlung für die Königlich Preussischen Staaten. 1806—1874. **5. neu bearbeitete und vervollständigte** Auflage in 5 Bänden mit vollständigem alphabetischen Sachregister. Preis Mark 54. Elegant mit Leinwandrücken und Goldrücken in 6 Bänden geb. Preis Mark 66.

Amtlich eingeführt!

Das Staatsministerium hat beschlossen, von der früher in Anregung gebrachten amtlichen Herausgabe einer Sammlung derjenigen altländischen Gesetze, welche auf die neuerworbenen Landestheile ausgedehnt worden sind, Abstand zu nehmen, dagegen den Behörden in den neuen Provinzen die sämmtlichen noch geltenden altländischen Gesetze dadurch leichter zugänglich zu machen, dass für sie eine der vorhandenen Sammlungen dieser Gesetze auf Amtskosten angeschafft werde. Es ist dazu das im Verlage von Carl Heymann in Berlin erschienene Werk „v. Rönne's: Gesetz-Sammlung etc." bestimmt worden.

Gesetz-Sammlung für das Deutsche Reich. 1867—1874. Chronol. Zusammenstellung der in dem Bundes-Gesetzblatt des Norddeutschen Bundes und dem Reichs-Gesetzblatte des Deutschen Reiches f. d. Jahre 1867/1874 enthaltenen Gesetze, Erlasse, Verordnungen und Publikanden. **Zweite vervollständigte** Ausgabe mit vollständigem chronologischen und alphabetischen Sachregister. Preis Mark 17. Elegant geb. mit Leinwandrücken und Goldrücken Mark 19.

Central-Blatt für das Deutsche Reich. Herausgegeben im **Reichskanzler-Amt.** gr. 4. Preis Mark 6.

Das Central-Blatt für das Deutsche Reich, das einzige regelmässig erscheinende Organ, welches ausschliesslich der Verwaltung des Deutschen Reiches dient, ist sowohl den Behörden des Reiches, als denen der einzelnen Bundesstaaten unentbehrlich. Der grösste Theil seines Inhalts wird zuerst im Central-Blatt, viele Mittheilungen nirgends anders veröffentlicht. Das Central-Blatt brachte bisher Mittheilungen aus folgenden Gebieten der Verwaltung des Deutschen Reiches: 1. Allgemeine Verwaltungs-Sachen. 2. Finanz-Wesen. 3 Münz-Wesen. 4. Justiz-Wesen. 5. Handels- und Gewerbe-Wesen. 6. Zoll- und Steuer-Wesen. 7. Maasund Gewichts-Wesen. 8. Heimath-Wesen. 9. Eisenbahn-Wesen. 10. Post-Wesen. 11. Telegraphen-Wesen. 12. Konsulat-Wesen. 13. Marine und Schifffahrt. 14. Militair-Wesen. 15. Personal-Veränderungen, Titel- und Ordens-Verleihungen.

Alle Buchhandlungen und Postanstalten nehmen Bestellungen auf das **Central-Blatt für das Deutsche Reich** an.

Probenummern können durch jede Buchhandlung, wie auch durch die Verlagshandlung gratis und franco bezogen werden. Die Jahrgänge 1873 und 1874 sind noch complet zu haben.

Druck von F. Hoffschläger in Berlin.